la courte échelle

Les éditions de la courte échelle inc.

Denis Côté

Denis Côté est né le 1er janvier 1954 à Québec où il vit toujours. Diplômé en littérature, il a exercé plusieurs métiers avant de devenir écrivain à plein temps.

Plusieurs de ses romans lui ont valu des prix et mentions, dont le Prix du Conseil des Arts, le Grand Prix de la science-fiction et du fantastique québécois, le prix M. Christie, le Prix du rayonnement international du Conseil de la Culture de Québec et le Coup de Coeur Communication-Jeunesse de l'écrivain le plus aimé. Le Grand Prix Brive/Montréal du livre pour adolescents a couronné l'ensemble de son oeuvre. De plus, Denis Côté a reçu à deux reprises le premier prix des clubs de lecture Livromagie.

Dans la collection Roman Jeunesse, trois de ses romans ont été adaptés pour la télévision dans le cadre de la série *Les aventures de la courte échelle*. Certains de ses livres sont même traduits en anglais, en chinois, en danois, en espagnol, en italien et en néerlandais. *Les otages de la terreur* est le dix-huitième roman qu'il publie à la courte échelle.

Stéphane Poulin

Ici comme à l'étranger, les illustrations de Stéphane Poulin sont très appréciées. Au cours de sa carrière, il a accumulé une liste impressionnante d'honneurs, dont le prix du Gouverneur général qu'il a obtenu à trois reprises depuis 1990.

À part son travail qui le passionne, il aime beaucoup la musique et... les vieux vélos sans vitesse. D'ailleurs, il n'a pas de voiture et, hiver comme été, il se promène sur sa bicyclette qui date de 1937.

À la courte échelle, Stéphane Poulin a fait les illustrations de l'album *Un petit garçon qui avait peur de tout et de rien* de Stanley Péan, dans la série Il était une fois..., en plus d'illustrer la série Maxime de Denis Côté et des couvertures de romans de la collection Roman+.

Du même auteur, à la courte échelle

Collection Roman Jeunesse

Les géants de Blizzard

Série Maxime:
Les prisonniers du zoo
Le voyage dans le temps
La nuit du vampire
Les yeux d'émeraude
Le parc aux sortilèges
La trahison du vampire
L'île du savant fou

Collection Roman+

Terminus cauchemar
Descente aux enfers
Aux portes de l'horreur
Les prédateurs de l'ombre
Les chemins de Mirlande

Série des Inactifs:
L'arrivée des Inactifs
L'idole des Inactifs
La révolte des Inactifs
Le retour des Inactifs

Denis Côté

LES OTAGES DE LA TERREUR

Illustrations
de Stéphane Poulin

la courte échelle

Les éditions de la courte échelle inc.

Les éditions de la courte échelle inc.
5243, boul. Saint-Laurent
Montréal (Québec) H2T 1S4

Conception graphique:
Derome design inc.

Révision des textes:
Andrée Laprise

Dépôt légal, 3e trimestre 1998
Bibliothèque nationale du Québec

La courte échelle bénéficie de l'aide du ministère du Patrimoine canadien dans le cadre de son programme d'Aide au Développement de l'industrie de l'édition. La courte échelle est aussi inscrite au programme de subvention globale du Conseil des Arts du Canada et bénéficie de l'appui du gouvernement du Québec par l'intermédiaire de la SODEC.

Données de catalogage avant publication (Canada)

Côté, Denis

   Les otages de la terreur

   (Roman Jeunesse; RJ77)

   ISBN 2-89021-341-2

   I. Poulin, Stéphane. II. Titre. III. Collection.

PS8555.0767082   1998   jC843'.54   C98-940593-1
PS9555.0767082   1998
PZ23.C67Ot   1998

Chapitre I
L'abri providentiel

— On s'est égarés, je vous dis! Vérifiez vous-mêmes!

L'index appuyé sur la carte, Pouce roulait des yeux inquiets. Ses soixante-dix kilos de muscles allaient bientôt trembler si on ne le rassurait pas.

— Mais c'est vrai! s'est moquée Jo en examinant le plan. On a dévié du trajet d'au moins cinq kilomètres! C'est une catastrophe! Il ne nous reste plus qu'à attendre la mort!

Comparée à Pouce, ma chérie était minuscule. Un écureuil à côté d'un ours.

— On n'aurait jamais dû laisser nos parents en arrière! a repris mon meilleur ami.

— Ils avançaient à pas de tortue, a déclaré Jo. Après cette expédition, ma mère aura tellement de courbatures qu'elle ne pourra plus marcher pendant une semaine.

— Franchement, Maxime! De quoi on aurait l'air si la nuit nous surprenait ici? Le village le plus proche est à l'autre bout du monde!

— On est au mois d'août, lui ai-je rappelé. Le soleil se couche aux alentours de vingt heures trente. Ça nous donne six heures pour revenir à notre point de départ.

Partout où l'on posait le regard, dans cette vaste prairie, la beauté sauvage de l'été se déployait. Aucune brise n'agitait les herbes qui nous entouraient à perte de vue. Heureusement qu'on portait des casquettes, car le soleil était cuisant.

— Oh non! a lancé Pouce en tendant un bras vers le ciel. Il ne manquait plus que ça!

Un gros nuage gris fonçait dans notre direction à une vitesse époustouflante. Par contraste avec le ciel bleu, il ressemblait à une tumeur. Un vent glacial s'est jeté sur nous, et la casquette de Jo s'est envolée comme une montgolfière miniature.

— Trouvons-nous un abri! a beuglé mon copain.

Un abri? À une heure de marche environ, une ligne d'arbres marquait la naissance d'une forêt. À dix kilomètres dans l'autre sens se dressaient les premières montagnes. Mais, à proximité, il n'y avait pas plus d'abri que de baleine au Sahara.

N'empêche que Pouce avait raison. Avec nos tee-shirts et nos bermudas, nous étions mal équipés pour affronter cet orage.

— Courons! ai-je crié en prenant mes jambes à mon cou.

Le nuage était si bas qu'on se serait crus dans la fumée d'un incendie. On galopait à l'aveuglette, maltraités par le vent qui nous agressait de toutes parts. Les herbes nous fouettaient. Des fleurs et des arbustes virevoltaient autour de nous.

— Là-bas! a hurlé Jo. Une maison!

Je n'avais pourtant remarqué aucun bâtiment dans les parages. J'avais beau fouiller la brume du regard, cet abri refusait de me montrer le bout de sa lucarne.

Une méchante grêle s'est mise de la partie. On a encore zigzagué sur une bonne distance. Je serrais les mâchoires pour empêcher mes dents de claquer.

Puis, à travers le voile agité du brouillard, la maison providentielle est apparue: massive comme un navire, grise comme la chevelure d'un vieil homme. Juste devant nous, sur le bas de la façade, un rectangle noir se découpait.

La porte d'entrée était ouverte!

On a gravi le perron à fond de train et on s'est engouffrés dans l'ouverture. Une lourde averse s'est aussitôt abattue sur la prairie avant de prendre d'assaut la demeure.

Nous avons poussé la porte qui, en se refermant, a produit un claquement étouffé.

Un impressionnant silence a suivi. Même la pluie martelant le toit et les murs était inaudible.

En reprenant mon souffle, j'ai pivoté sur moi-même. Le vestibule donnait sur un hall immense où la noirceur régnait en maître. Les occupants de cette maison, s'il y en avait, brillaient par leur absence.

— Il y a quelqu'un? ai-je demandé sans trop élever la voix.

Aucune réponse.

— On dirait qu'elle est abandonnée, a murmuré ma copine.

L'odeur le laissait croire, du moins. Cela sentait la poussière, l'humidité, la moisissure.

— Il y a quelqu'un? ai-je répété, plus fort.

On a dressé l'oreille. L'intérieur d'un coffre-fort n'aurait pas été plus silencieux.

J'ai déposé mon sac à dos sur le parquet

usé et sale. Jo, accroupie, cherchait quelque chose dans le sien:

— Il fait un froid de canard ici, a-t-elle dit en enfilant un chandail. Heureusement qu'on a évité la pluie, sinon on serait mûrs pour un rhume.

Pouce et moi nous sommes empressés de suivre son exemple.

Ma vision s'adaptait à l'obscurité. Dix mètres plus loin, à l'autre bout du hall, je distinguais un escalier monumental. À part cela, il n'y avait rien: aucun meuble, aucune décoration, aucun objet personnel.

— Une petite visite, ça vous tente? ai-je proposé.

Pouce a d'abord refusé, puis il s'est joint à nous en maugréant.

Sans lampe de poche, il fallait se résigner à errer parmi les ombres. À cause du silence qui nous intimidait, nous parlions à mi-voix et nous marchions avec la délicatesse des chats.

De chaque côté du hall s'ouvrait une large porte sans battant, aussi noire qu'un trou sans fond.

Tandis que je me dirigeais vers celle de gauche, un long craquement a ébranlé la maison.

— Qu'est-ce que c'est que ça? a sursauté Pouce.

— Le vent, a supposé Jo. Je te rappelle qu'il y a un orage dehors.

Précédant mes amis, j'ai franchi la porte. Je n'ai rien distingué pendant quelques secondes. Finalement, les détails se sont précisés.

Cette pièce était presque aussi gigantesque que le hall. Au centre, un canapé vétuste et une table basse y avaient été laissés. Une énorme cheminée était adossée au mur du fond.

— Je n'ai jamais vu un salon aussi grand! a lancé Jo.

Pas la moindre lumière ne filtrait à travers les fenêtres, pourtant dépourvues de store et de rideau. On aurait dit que les vitres avaient été badigeonnées d'un enduit opaque.

En promenant ma main sur la cloison, j'ai déniché un interrupteur. Cependant, rien ne s'est produit quand j'ai pressé le bouton. L'alimentation électrique était coupée, ce qui prouvait que personne n'habitait cette demeure.

Soudain, un coup a résonné au-dessus de nos têtes. Pouce m'a empoigné le bras:

— Ça ressemblait à un coup de masse sur une barre de fer! Il y a quelqu'un là-haut!

Le bruit s'est répété aussitôt. Un «klong!» retentissant, suivi par plusieurs autres, de plus en plus rapides. Les doigts de mon ami s'enfonçaient dans ma chair.

— On s'en va! a-t-il ordonné lorsque le silence est revenu.

— Calme-toi. C'est la plomberie qui fait des siennes. Dans une maison sans entretien, les bruits bizarres sont monnaie courante.

— Qu'en sais-tu? Tu es un expert en tuyauterie?

Espérant dissiper ses craintes, j'ai mis mes mains en porte-voix et j'ai appelé:

— EST-CE QU'IL Y A QUELQU'UN? POURRIEZ-VOUS NOUS RÉPONDRE, S'IL VOUS PLAÎT?

Sans résultat.

On a regagné le hall qu'on a ensuite traversé jusqu'à la seconde porte sans battant.

— Entendez-vous? a demandé Pouce en se figeant. Quelqu'un se lamente!

— Tu commences vraiment à me taper sur les nerfs! a grogné Jo.

Le sifflement qui perçait le silence res-

16

semblait à une lamentation, en effet. Quand il prenait du volume, il faisait même songer à un cri de souffrance.

— C'est l'air qui se déplace dans les tuyaux, ai-je tenté d'expliquer.

— Encore la tuyauterie! s'est insurgé Pouce. Tu ne pourrais pas forger une autre explication, pour une fois?

La plainte nous a accompagnés pendant que nous accédions à une nouvelle pièce. Comptoir pourri, armoires aux rabats disloqués, poêle démantibulé, glacière jaunie: l'ancienne cuisine, de toute évidence. Un grand espace vide, qui avait dû servir de salle à manger, la prolongeait.

Là aussi, les fenêtres étaient barbouillées de noir.

Jo a posé la main sur le robinet mangé de rouille, qui se dressait au-dessus de l'évier. Elle n'est parvenue à l'ouvrir qu'en y mettant toutes ses forces. Toutefois, à la place de l'eau, le grondement infernal qui en est sorti nous a fait sursauter tous les trois.

— Maudite maison de fous! s'est exclamé Pouce.

Ma chérie s'est empressée de couper le son. Au même instant, le martèlement de la plomberie a repris de plus belle: «Klong! klong! klong! klong!»

Je commençais, moi aussi, à éprouver un malaise. Il était temps de vérifier si l'orage était parti se faire voir ailleurs.

De retour au vestibule, Pouce a engagé un véritable combat contre la porte.

— Je ne peux pas l'ouvrir!

J'ai essayé à mon tour, mais la poignée ne tournait même pas d'un millimètre. Quant au battant, il restait aussi immobile que s'il avait pesé des tonnes.

Chapitre II
Enfermés!

Pouce est revenu à la charge, flanquant à la porte des coups assez puissants pour assommer un taureau. Finalement, il a lancé un «ouille!» avant de se masser le poing en grimaçant.

— Si on essayait de la défoncer avec un objet? a proposé Jo.

Nous sommes retournés au salon et, de là, nous avons transporté la table basse jusqu'au vestibule. Trop fragile cependant, le meuble a éclaté en morceaux dès le premier choc.

— Grotesque! a rugi Pouce. On ne va quand même pas se laisser avoir par une stupide porte!

Subitement, il s'est tu en rentrant la tête dans les épaules. Au bout d'un moment, il a dit:

— C'est fini. Vous n'avez pas entendu les sanglots? Quelqu'un pleurait, je vous assure!

— Des sanglots maintenant! s'est impatientée Jo. Ça ne va pas assez mal sans que tu te mettes à délirer?

Quant à moi, j'examinais la porte.

— Les interstices ont disparu! ai-je annoncé. Les espaces vides entre le battant et le chambranle n'existent plus! Comme si la porte avait fusionné avec le mur!

Je commençais à m'énerver sérieusement:

— La salle à manger! J'ai remarqué qu'il y avait deux portes là-bas. L'une doit donner sur la cave. L'autre, sur l'extérieur. Suivez-moi!

Dans la pièce déserte, une nouvelle déception nous attendait: l'entrée secondaire était elle aussi scellée. La porte de la cave était verrouillée.

— Une farce! s'est affolé Pouce. Un coup monté par une bande de comiques! Montrez-vous donc! Sortez de votre cachette! On ne trouve pas ça drôle!

J'ai cogné sur une fenêtre avec mes jointures:

— Ça ne sonne pas comme une vitre. Ça sonne plein!

À la manière d'un karatéka, mon ami a projeté son coude sur l'un des carreaux. Au lieu du fracas attendu, c'est son cri de douleur qui a retenti.

— Cette vitre est dure comme de la pierre! a-t-il gémi en se tenant le bras.

J'ai fait le tour de la salle à manger et de la cuisine en frappant du poing toutes les fenêtres. Chaque fois, j'avais l'impression de taper sur un mur.

— Venez ici! a lancé Jo, qui se tenait dans un coin.

Un poste téléphonique était fixé à la cloison. Il s'agissait d'un ancien appareil, tout noir, muni d'un cadran. Ma copine a décroché le combiné délicatement. Après l'avoir porté à son oreille, elle a secoué la tête:

— Je n'entends rien. Il est débranché.

De plus en plus alarmés, nous nous sommes rués vers le salon. Là aussi, les fenêtres possédaient la dureté d'un mur de béton.

— Si j'ai bien compris, a chevroté Pouce en se prenant le front, les portes d'entrée et toutes les fenêtres sont condamnées! Ça signifie qu'on est *enfermés* dans cette maison!

— Les fenêtres de l'étage sont peut-être utilisables, ai-je suggéré.

On a monté le grand escalier en courant.

Les marches conduisaient à un palier au bout duquel se trouvait une porte. Une fois celle-ci ouverte, une odeur de renfermé nous a sauté au visage. Au-delà du seuil, les ténèbres étaient trop épaisses pour qu'on y voie quoi que ce soit.

— Il nous faut de la lumière, ai-je déclaré.

Revenus à la cuisine, on a fouillé les armoires. Dans l'une d'elles, on a découvert une lampe à l'huile si vieille qu'elle aurait pu appartenir à Jacques Cartier. Elle était encore à moitié pleine, par chance.

— J'ai une pochette d'allumettes dans mon sac à dos, a dit Pouce.

La mèche a pris feu dès le premier essai. Une fois allumée, toutefois, la lampe dégageait une lumière très faible qui intimidait à peine les ombres.

Ayant à nouveau gravi l'escalier, nous avons franchi la porte permettant d'accéder à l'étage.

Un étroit corridor filait vers la gauche en traversant la construction sur toute sa longueur. De chaque côté, le passage était percé de petites portes closes, donnant sans doute sur des espaces de rangement.

Le plancher était crasseux. Du papier peint délavé, arraché par endroits, tapissait les murs. Le plafond et les portes étaient faits d'un bois brunâtre, au vernis écaillé.

Au détour du couloir, une chambre est apparue. La place était vide, mais une fenêtre faisait face à l'entrée. Malheureusement aussi infranchissable que celles du rez-de-chaussée.

Une pièce identique en tout point nous attendait un peu plus loin. Un troisième corridor menait à une salle de bains infecte.

— Aucune chambre ici, a fait Jo pendant qu'on arrivait au bout du quatrième passage.

Cependant, une porte était ménagée dans la paroi du fond: sûrement celle qui donnait accès au grenier. Elle n'était pas murée, mais verrouillée, comme celle de la cave.

On a refait le chemin en sens inverse.

Décidément, le sort s'acharnait contre nous. Il existait sûrement une issue à laquelle on n'avait pas songé. Sinon, notre situation était invraisemblable!

— La cheminée! ai-je dit soudain.

— Quoi? s'est étonnée Jo. Pourquoi penses-tu à ça tout à coup?

Mon projet me semblait tellement téméraire que je n'ai pas répondu. Rendu au rez-de-chaussée, je me suis néanmoins précipité au salon.

Selon toute apparence, le foyer et le conduit de la cheminée du salon étaient assez larges pour que je puisse m'y glisser.

— Je vais tenter de l'escalader, ai-je annoncé en passant la lampe à Jo. Arrivé sur le toit, je trouverai bien le moyen de descendre de la maison.

— Maxime, à quoi penses-tu? C'est beaucoup trop difficile! Tu n'es pas un alpiniste!

— Si tu as un meilleur plan, je t'écoute.

La lamentation a alors recommencé.

— Vous croyez toujours que ce sont les tuyaux qui font ça? a demandé Pouce.

Je me suis engouffré dans l'âtre en position accroupie, puis je me suis redressé. M'adossant à la paroi intérieure de la hotte, j'ai calé mes pieds contre le mur.

— Sois prudent! m'a exhorté Jo, la tête plongée dans le foyer.

— Promis, ai-je dit en m'emparant de la lampe.

L'escalade a débuté.

Le dos arc-bouté à la paroi, j'utilisais surtout mes pieds pour me déplacer. À cause de mon manque d'expérience, je ne montais que de quelques centimètres à la fois. Mon dos était déjà douloureux après cinq minutes, et mes cuisses tremblaient sous l'effort.

Je devais avoir dépassé le tiers du conduit quand j'ai cru voir une ombre bouger au-dessus de moi. De la suie, tombant dans mes yeux, m'a obligé à fermer les paupières. Ensuite, j'ai entendu un son, une sorte de frottement, qui se rapprochait.

Protégeant mon visage avec ma main droite, j'ai desserré les paupières. De la gauche, j'ai brandi la lampe le plus haut possible.

Quelque chose remuait là-haut et descendait à ma rencontre!

Impossible de distinguer ce que c'était. Je ne voyais qu'une ombre plus noire que les autres ombres. Comme si un morceau de ténèbres se préparait à m'engloutir!

Il fallait me tirer de là tout de suite! Le regard rivé sur la «chose» sans visage qui fonçait vers moi, je me suis laissé glisser en ralentissant ma descente avec mes pieds.

Par quel miracle ai-je atterri sans me rompre le cou? Aussitôt en bas, je me suis extirpé de l'âtre en bousculant Jo qui se tenait juste devant.

La suie continuait à se déverser, annonçant l'irruption de mon poursuivant. Au moment où retentissait un bruit de chute à l'intérieur du foyer, j'ai rabattu les volets. Puis, la «chose» a donné des coups frénétiques sur les panneaux de métal.

— Elle cherche à sortir! Pouce, aide-moi!

À deux, on a réussi à contrer ses efforts, et j'ai enfin pu tourner la clé qui fermait les volets. On a ensuite poussé le canapé devant l'âtre.

Quelques coups ont encore ébranlé les panneaux. Puis le frottement s'est éloigné. La «chose» retournait se cacher là où je l'avais surprise.

— Maxime! a gémi Jo. Dis-moi que c'était un écureuil, une mouffette, une chauve-souris!

— Ce n'était pas un animal, ai-je répondu gravement.

À ce moment, la lamentation était si forte qu'il fallait hausser la voix pour se parler.

Un mouvement, au-dessus de nous, a attiré mon regard. Alors, pour la première fois, j'ai remarqué l'énorme lustre suspendu au plafond.

Il était orné de plusieurs dizaines de pendeloques. Et ces pendeloques *bougeaient*!

Chapitre III
Une maison hantée

Le plus fantastique, c'était que les pendeloques oscillaient en suivant l'intensité de la lamentation. Lorsque celle-ci prenait du volume, le mouvement accélérait. Lorsque la plainte diminuait, l'oscillation ralentissait.

Pouce observait le phénomène avec des yeux exorbités. Jo étreignait mon bras de sa petite main tremblante.

Alors que la lamentation se transformait en cri, les pendeloques se sont agitées avec une sorte de fureur.

Brusquement, le bruit s'est arrêté, et le mouvement a cessé. Seul continuait le léger tintement des pendeloques.

Mon meilleur ami est sorti de sa torpeur en vociférant:

— On est prisonniers d'une maison hantée! Cette maison est *hantée*, comprenez-vous?

Il souhaitait sans doute que je le contredise, peut-être même que je le tourne en ridicule. Pourtant, je suis resté muet.

— C'est la seule explication possible, a confirmé Jo. À part des esprits maléfiques, qui aurait pu boucher les portes et les fenêtres de cette manière-là? Sans parler des autres phénomènes!

— Tu ne sautes pas un peu vite aux conclusions? lui ai-je répliqué.

— Quoi? Tu ne crois pas aux maisons hantées? Alors là, Maxime, je me demande si tu es naïf ou ignorant!

Pendant ses loisirs, ma chérie lisait des tas de livres sur l'ésotérisme, la parapsychologie et la vie après la mort. Par conséquent, elle était bien placée pour nous informer sur le sujet.

— Les maisons hantées, ça existe! Au début, ce sont des demeures ordinaires, sauf qu'elles sont habitées par des gens mauvais. Dans la plupart des cas, ces individus ont commis des atrocités, des crimes monstrueux.

Tandis que Jo parlait, ma respiration se faisait plus courte, et mes paumes se couvraient de sueur.

— Quand ils meurent, leur âme est incapable de trouver le repos, alors elle reste accrochée au monde matériel. Ces âmes

torturées, on les appelle revenants, fantômes ou esprits. Habituellement, elles sont
remplies de haine et ne songent qu'à faire
du mal à ceux qui vivent encore.

Avant ce jour, j'étais persuadé que ces
histoires étaient des élucubrations. Maintenant, j'avais un doute.

— Écoutez! s'est exclamé Pouce. Les
sanglots! Ils ont repris!

Cette fois, pas besoin de tendre l'oreille pour percevoir les pleurs en question.

— C'est un esprit qui fait ça, a tranché Jo.

— Il est triste? Ça veut dire qu'il n'est pas si maléfique! Il acceptera peut-être de nous libérer si on discute avec lui!

— Ne compte pas là-dessus. Il pleure uniquement pour nous angoisser. C'est une stratégie. Les âmes damnées sont très fortes pour créer des atmosphères.

Puisque je n'avais aucune solution magique à proposer, il me restait à faire semblant d'être un héros:

— Bon! D'accord, on est mal pris, et il se passe ici des phénomènes incompréhensibles. Mais n'oublions surtout pas que notre situation est provisoire.

— Provisoire? s'est étonné Pouce.

— Avant l'orage, on participait à une expédition avec nos parents. Ils ont certainement constaté notre disparition à l'heure qu'il est. Donc, ils vont nous chercher pendant une heure ou deux. Ensuite, que feront-ils selon vous?

— Appeler la police! a répondu mon copain qui reprenait espoir.

— Et la police enverra des secouristes

qui fouilleront les alentours. En apercevant cette maison décrépite, ils voudront naturellement vérifier si on s'y trouve. Ils défonceront la porte, et notre aventure ne sera plus qu'un souvenir. Au pire, on sera libres dans quelques heures.

— Quelques heures! a marmonné Jo. Ça laisse aux esprits beaucoup de temps pour nous tourmenter à leur guise!

Je l'ai regardée avec de gros yeux avant de reprendre sur le même ton:

— On n'a rien avalé depuis ce matin, et le froid gruge notre énergie. Mettons-nous quelque chose sous la dent. Après, on se sentira mieux.

Assis autour de la lampe, au milieu du hall, on a inventorié le contenu de nos sacs à dos. Trois sandwiches au jambon, une pomme, un morceau de fromage, une tablette de chocolat. Il y avait aussi trois bouteilles d'eau, dont deux étaient presque vides.

— Partagez-vous ma part du festin, a ironisé ma copine. Les maisons hantées, ça me coupe l'appétit!

Un parfait silence a accompagné notre collation. La plainte et les sanglots avaient disparu. La plomberie se taisait. Néanmoins, Pouce mangeait du bout des lèvres, tandis que Jo observait un jeûne entêté.

— En attendant les secours, ai-je résumé, on a le choix. Soit on subit. Soit on agit.

— Je ne vois vraiment pas ce qu'on pourrait faire, a raillé Jo. Oh! À moins qu'on ne se raconte des histoires drôles?

— Je vous rappelle qu'on n'est allés ni dans la cave ni dans le grenier. Qui sait si on n'y trouvera pas des soupiraux ou des lucarnes qui nous permettront de sortir? Leurs portes sont verrouillées, mais pas condamnées. Pouce peut facilement les défoncer, j'en suis sûr. Si on commençait par la cave?

Je me suis levé. Mes amis m'ont imité après un instant d'hésitation.

Avec la lumière, la cuisine et la salle à manger semblaient moins délabrées. La rouille, sur le robinet et sur l'évier, était moins évidente. La glacière paraissait plus blanche. Les morceaux éparpillés du poêle luisaient à la lueur de la lampe.

— Montre-nous de quoi tu es capable, ai-je dit à Pouce.

Encouragé par ma confiance en lui, il a contracté ses muscles, puis il s'est jeté sur la porte.

36

Un «crac!» a retenti alors que le battant s'enfonçait dans le chambranle. Au deuxième assaut, le panneau a carrément été avalé par le grand trou qui venait de s'ouvrir.

J'ai posé le pied sur la première marche. Instantanément, le froid s'est fait plus vif. Parvenu au bas de l'escalier, j'ai promené la lampe dans toutes les directions.

C'était une cave ordinaire, au plafond bas, au sol en terre battue, aux murs de ciment. D'innombrables vieilleries entassées lui donnaient un air de marché aux puces: chaises cassées, abat-jour inutilisables, stores déglingués, buffets démolis...

À l'affût du moindre danger, nous nous sommes dirigés vers le mur le plus proche à la recherche d'un soupirail. La cave en comprenait quatre, tous dans le même état que les fenêtres de l'étage et du rez-de-chaussée.

La lumière de la lampe s'est mise à vaciller. Aucun courant d'air ne circulait pourtant. Puis, la flamme s'est éteinte, et les ténèbres ont fondu sur nous.

— Pouce! As-tu la pochette d'allumettes avec toi?

J'ai entendu mon ami remuer. Après d'interminables secondes, il a enfoui l'objet au creux de ma main.

J'ai arraché une allumette dont j'ai ensuite passé la tête sur le frottoir. En vain. J'ai recommencé l'opération plusieurs fois avant d'essayer avec d'autres allumettes. Toujours rien.

— Tu t'y prends mal! s'est énervée Jo. Donne-moi ça!

Une déplaisante certitude s'est imposée à moi.

Nous n'étions pas seuls dans cette cave! Je le sentais!

— Mais qu'est-ce qu'elles ont, ces fichues allumettes?

J'ai écarté les bras pour toucher mes amis.

— Tu sens une présence, toi aussi? m'a demandé Pouce d'une voix tremblante.

Cette «présence» ne se contentait déjà plus d'être là, invisible et muette. Très vite, elle a commencé à parler. À chuchoter, plutôt. Les murmures semblaient venir de loin, mais ils se précisaient peu à peu. J'avais envie de me précipiter n'importe où pour ne plus les entendre.

— Qui est là? ai-je fini par crier.

Les murmures se sont mués en ricanements.

— Allez-vous-en! a braillé Pouce. Sinon, on appelle la police!

Un rire méchant, cruel, sadique a répondu à cette pitoyable menace. Lorsque les chuchotements sont revenus, mon copain a éclaté en sanglots.

Alors, parmi les paroles indistinctes qui bruissaient autour de nous, j'ai identifié le mot «allumette». En me concentrant encore davantage, j'ai réussi à isoler une phrase complète:

«Tu t'y prends mal! Donne-moi ça!»

— Tu as prononcé ces mots-là tout à l'heure, ai-je dit à Jo. En plus, j'ai reconnu ta voix!

— Quelqu'un nous a enregistrés! a-t-elle supposé.

— Qui êtes-vous? ai-je demandé à nos tourmenteurs invisibles. Pourquoi faites-vous ça?

«Allez-vous-en! a crié une voix semblable à celle de Pouce. Sinon, on appelle la police!»

Les rires cyniques ont retenti, interminables.

— Montrez-vous, si vous n'êtes pas des

lâches! ai-je lancé avec indignation.

Les ricanements se sont tus. Et un silence a suivi, épais, menaçant.

Subitement, une partie de la cave s'est éclairée, comme si quelqu'un y avait actionné un interrupteur.

Chapitre IV
Phénomènes paranormaux

J'ai fait quelques pas en direction de la lumière.

Mes amis m'ont suivi avec crainte. Comme la pénombre avait remplacé l'obscurité, il nous était maintenant possible d'avancer sans nous heurter contre les vieilleries.

L'éclairage semblait provenir d'une espèce de meuble carré en bois verni. En contournant celui-ci, nous avons compris ce qui se passait: la lumière était produite par un ancien téléviseur en noir et blanc.

Sur l'écran: nous trois!

— Ils n'ont pas seulement enregistré nos voix, a laissé tomber Pouce. Ils nous ont filmés aussi.

«Montrez-vous, si vous n'êtes pas des lâches!», a gueulé mon double.

Cette scène représentait ce que nous avions vécu un peu plus tôt. Pourtant, quelque chose clochait. Nos personnages

avaient l'air artificiel, comme s'ils étaient joués par de mauvais acteurs.

Je me suis emparé du cordon d'alimentation qui sortait du téléviseur et serpentait sur le sol. À son extrémité, la fiche pendait.

— Cet appareil n'est pas branché! a sursauté mon ami.

La voix moqueuse de son double a jailli du haut-parleur:

«Cet appareil n'est pas branché! Cet

appareil n'est pas branché! Gna-gna-gna-gna-gna!»

Ce n'était plus une représentation de la réalité. Cette grimace haineuse sur le visage du faux Pouce, ce regard féroce posé sur nous étaient inédits.

Ensuite, la figure de mon double a rempli l'écran. Ses sourcils étaient hérissés. Ses globes oculaires injectés de sang. De la bave débordait de ses lèvres retroussées. S'adressant à moi, il a crié d'une voix rauque:

«Tu voulais nous voir face à face? Eh bien, regarde-nous!»

Il a éclaté d'un rire convulsif qui exprimait une perversité inconcevable. Puis, il s'est tapé sur les cuisses en vociférant:

«On trouvera peut-être des soupiraux qui nous permettront de sortir!»

Les trois personnages ricanaient en nous pointant du doigt.

«Sortir? a roucoulé la fausse Jo en se dandinant de façon grotesque. Mais il est impossible de sortir d'ici! Tu devrais le savoir!»

Autant j'étais fasciné par ces caricatures qui s'agitaient sous nos yeux, autant j'écumais de rage.

Le double de Pouce, écroulé sur le sol, bras croisés sur la tête, hurlait et gigotait comme un dément:

«On est prisonniers d'une maison hantée! Cette maison est hantée, comprenez-vous?»

«Regardez comme il a peur! se sont esclaffés ses complices. Le petit Poupouce à sa maman va faire dans ses culottes!»

«Oh! oui, j'ai peur! Le petit Poupouce à sa maman est un peureux!»

Le faux Maxime et la fausse Jo dansaient autour de lui en scandant:

«Peu-reux! Peu-reux! PEU-REUX! PEU-REUX!»

Une silhouette a alors bondi entre moi et l'écran. Puis, un bref éclair, accompagné d'un fracas de verre brisé, m'a arraché à ma paralysie.

Planté devant le téléviseur crevé, Pouce serrait dans ses mains une grosse clé à molette piquée de rouille.

— Je n'étais pas obligé d'endurer ça! a-t-il rugi. Je n'étais pas obligé!

La lampe se trouvait sur le sol, où je l'avais déposée. Même si aucun de nous ne l'avait rallumée, sa flamme brûlait.

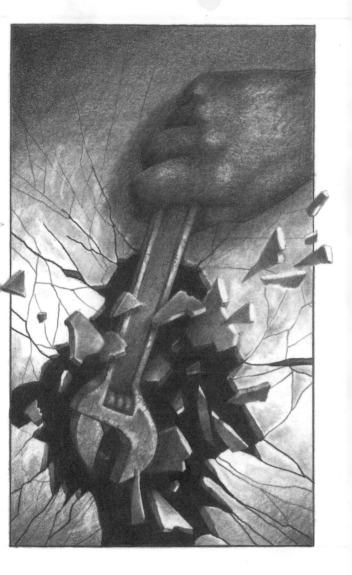

On a barricadé l'entrée de la cave en déplaçant la glacière.

Tandis qu'on sortait de la cuisine, Pouce s'est précipité vers le vestibule.

— Au secours! a-t-il appelé en frappant la porte à grands coups de poing. Ouvrez, je vous en supplie! Au secours!

On l'a forcé à s'arrêter parce qu'il risquait de se fracturer les mains. Quand il a fondu en larmes, j'ai mis un bras autour de ses épaules. Moi aussi, j'avais envie de hurler pour que quelqu'un m'entende.

— La table du salon! a dit Jo. Elle était démolie tout à l'heure!

J'ai rapproché la lampe de l'endroit qu'elle désignait. Le petit meuble était dressé sur ses quatre pattes. Intact. Comme si ses morceaux brisés s'étaient rassemblés d'eux-mêmes.

Mon amie hochait lentement la tête:

— Dis-moi que c'est faux, Maxime! Dis-moi que je rêve!

Je n'avais rien à dire. Je me sentais aussi vidé qu'un donneur de sang qui aurait fait dix cliniques le même jour.

— J'ai envie de faire pipi, nous a appris Jo d'une voix penaude. Je ne peux plus me retenir.

Au fond du recoin qui séparait le grand escalier du mur de la cuisine, on a déniché un cabinet de toilette. L'intérieur était si sale qu'un simple coup d'oeil donnait la nausée.

— N'y va pas! s'est opposé Pouce. Cette toilette n'existait pas tantôt, j'ai regardé!

— J'ai envie, bon!

Après m'avoir arraché la lampe des mains, Jo s'est engouffrée dans le cabinet.

— Laisse quand même la porte ouverte! l'ai-je prévenue.

Mon copain était sur des charbons ardents:

— Elle n'aurait pas dû entrer là-dedans! Les pires horreurs peuvent arriver dans cette fichue maison, vous ne l'avez pas encore compris?

Un cri strident a jailli du cabinet, nous obligeant à faire volte-face.

Assise sur la cuvette, son bermuda aux chevilles, ma chérie battait des bras comme si elle perdait l'équilibre. Ensuite, s'agrippant au rebord du siège, elle a tendu vers

47

nous un visage où se lisait la plus intense
frayeur.

— Aidez-moi! Venez à mon secours!

Après un craquement, le siège a éclaté
en morceaux. Simultanément, les jambes
de Jo ont décollé vers le plafond et son
bassin a glissé dans la cuvette.

On s'est précipités sur notre amie. J'ai
attrapé son bras gauche pendant que Pouce
saisissait l'autre bras. Ensuite, on a tiré à
l'unisson.

— Je m'enfonce sans arrêt! Je m'enfonce!

— Il y a une saloperie cachée là-dedans!
a grommelé Pouce, incrédule.

Quelque chose aspirait réellement Jo vers

le fond! Nous avons exercé des tractions plus vigoureuses. Ce qui n'a pas empêché notre copine de s'enfoncer de plusieurs autres centimètres.

On tirait avec acharnement, on grognait, on suait sang et eau. L'étrange combat a néanmoins duré une éternité.

— Non, tu ne gagneras pas! a grogné Pouce en redoublant d'efforts.

Au moment où mes forces m'abandonnaient, la résistance s'est rompue. Jo a bondi sur ses pieds avant de s'affaisser contre ma poitrine.

J'ai baissé les yeux sur l'intérieur de la cuvette.

À part les cernes incrustés, il n'y avait rien. Absolument rien!

Chapitre V
Moments de désespoir

Je gardais Jo serrée contre moi, tandis qu'on se dirigeait vers la cuisine.

— C'était affreux! sanglotait-elle. J'étais attirée comme par un aimant! La cuvette voulait m'avaler! Elle voulait me tuer!

Bientôt, des sanglots plus faibles se sont mêlés aux siens. Pouce a tourné la tête vers le cabinet de toilette, comme s'il y guettait une apparition.

Ces monstrueux phénomènes étaient produits par des esprits maléfiques, je n'avais plus aucune raison d'en douter.

Où se cachaient ces âmes damnées, ces revenants, ces fantômes? Étaient-ils infiltrés partout, dans la tuyauterie, les murs, les planchers, les meubles? Faisaient-ils corps avec la saleté qui couvrait toute chose, avec l'air fétide que nous respirions? En cet instant, nous observaient-ils, comme des rapaces surveillant leurs proies?

Dans la cuisine, Pouce s'est figé.

— Regardez! a-t-il dit en indiquant le poêle.

L'appareil, complètement brisé auparavant, était en un seul morceau!

Rapidement, j'ai parcouru les deux pièces. Murs, plafond, parquet, tout paraissait neuf. La rouille du robinet et de l'évier avait disparu. Même la porte de la cave avait récupéré sa position originale. Quant à la glacière, elle était d'un blanc immaculé.

Vraisemblablement, nos geôliers immatériels possédaient la faculté de régénérer les objets. Si cette manifestation de leur puissance n'était pas la plus effroyable, elle était sans doute la plus stupéfiante!

***

— «Notre situation est provisoire, a marmonné Pouce. Nos parents vont appeler la police. Et la police va envoyer des secouristes.» Cinq heures déjà que tu as débité ces sornettes, Maxime! Et on est toujours enfermés ici!

Effondrés sur le parquet de la cuisine, on ressemblait à trois comateux sur le point de trépasser.

— Voulez-vous que je vous dise ce qui

s'est vraiment produit? a-t-il enchaîné. Quand nos parents ont constaté notre disparition, ils se sont dit: «Bon débarras! Enfin, on pourra vivre sans avoir ces maudits enfants dans les jambes!»

— Ça n'a ni queue ni tête, ai-je rétorqué. C'est le désespoir et la fatigue qui te font dire ça.

— Arrête de me traiter comme si tu savais tout! Nos parents se fichent de ce qui nous arrive! Personne n'a prévenu la police! Aucun secouriste ne va nous libérer! On est *tout seuls* contre des esprits diaboliques qui ont juré notre perte! La planète entière nous a abandonnés!

Des larmes coulaient sur ses joues. Toujours à mon intention, il a ajouté:

— Toi, tu fais semblant d'être parfait!

Jamais un mot plus haut que l'autre! Le calme plat! Eh bien, moi, je suis différent! On va mourir ici, et ça me dérange! Ça me dérange tellement que j'ai envie de tout casser!

— Là-dessus, il a raison! s'est emportée Jo à son tour. Non, mais regarde-toi! Pas un cri, pas une larme! On est plongés dans un cauchemar abominable, et ça te fait autant d'effet que l'eau sur le dos d'un goéland!

— D'un canard, ai-je corrigé. On dit: «sur le dos d'un canard».

Piquée au vif, elle s'est redressée d'un bond:

— As-tu fini de me reprendre? Tu n'es pas mon professeur! Et puis, ces choses-là, tu crois que ce sont des inventions? Tu penses que les parents n'abandonnent jamais leurs enfants? Qu'ils sont tous responsables, généreux et débordants d'amour? On voit bien que tu ne connais pas mon père!

Oups! Je ne l'avais pas prévue, celle-là.

Pour Jo, son père était la grande blessure de son existence.

Elle avait huit ans lorsqu'il avait demandé le divorce. Depuis, il lui envoyait

une carte à son anniversaire et un cadeau à Noël. C'étaient leurs seuls contacts. Aujourd'hui, Jo ignorait tout de l'homme le plus important de sa vie.

— Pourquoi ça ne serait pas au tour de ma mère, hein? Elle n'est pas obligée de m'aimer! Peut-être qu'elle en a assez de moi et qu'elle n'ose pas me le dire! Peut-être qu'elle attendait une occasion pour se débarrasser de moi, elle aussi!

Attristé de voir mes amis perdre courage, je restais muet.

— Ça n'a ni queue ni tête? continuait Jo. Tu crois que je perds la boule? Mais ton père ne t'a pas trahi, toi! D'être abandonné par tes parents, ça ne pourrait pas t'arriver!

On sait bien! Tu es la prunelle de leurs yeux! Leur chouchou! Leur Maxime adoré!

S'étant élancée vers l'extrémité de la cuisine, elle a stoppé devant le poêle. Puis, elle a levé la jambe par-derrière. Quand son pied a frappé l'appareil, elle a poussé un cri de douleur, naturellement.

— J'en ai marre! a-t-elle crié en se laissant tomber sur le sol. Marre! Marre! Marre!

Puisque la tempête était passée, je suis allé la prendre à nouveau dans mes bras. Pouce s'est timidement approché de nous.

— Je m'excuse, a-t-il murmuré. Ce que j'ai dit tout à l'heure, c'était idiot. Mes parents ne m'ont pas abandonné, j'en suis sûr. Mais, en même temps, j'ai peur de me tromper. Pourquoi est-ce que personne ne nous a encore délivrés? As-tu une explication, Maxime?

En effet, le retard des secouristes demeurait inexplicable. Après tout, explorer une prairie déserte, c'était beaucoup plus facile que de fouiller une ville d'un million d'habitants.

— Je ne veux pas mourir, sanglotait Jo. Si personne ne vient à notre secours, on mourra de soif, de faim ou de peur! À moins que les esprits ne nous tuent avant!

— On va s'en sortir, ai-je déclaré solennellement. Vous m'entendez? ON VA S'EN SORTIR!

Mon père, qui est écrivain, répète souvent que les mots ont un pouvoir. Jamais je n'avais autant espéré que ce soit vrai.

***

En gravissant l'escalier pour la troisième fois, on frémissait de peur.

J'avais convaincu mes amis qu'on n'avait pas le droit de jeter l'éponge. À défaut de secouristes, il nous restait à compter sur nos propres moyens.

On n'avait pas encore épuisé toutes les possibilités. Je songeais au grenier. Si on parvenait à y entrer, puis à ouvrir une lucarne, on accéderait au toit. Là, on serait en bonne position pour appeler à l'aide.

Mes espoirs étaient bien minces. Néanmoins, l'action était le meilleur remède contre l'impuissance. Ne rien tenter équivalait à nous condamner à mort.

Dès qu'on a passé la porte qui ouvrait sur l'étage, les changements nous ont sauté aux yeux.

La poussière s'était envolée. Le papier peint n'était plus déchiré. Le vernis des portes étincelait et les poignées semblaient avoir été récurées.

Non seulement les lieux avaient rajeuni, mais leur configuration s'était modifiée. Le plafond était plus haut. Les corridors plus larges. Les petites portes closes s'étaient multipliées.

Lorsqu'on s'est mis à avancer, l'ampleur des transformations s'est avérée hallucinante. Au milieu de chaque corridor s'était ajouté un passage perpendiculaire. Bref, depuis notre visite précédente, les couloirs s'étaient ramifiés!

Comment ne pas être abasourdis devant des phénomènes aussi extraordinaires? Même Jo ne connaissait aucun cas de maison hantée où de telles fantasmagories s'étaient produites.

Parvenus au dernier corridor, on a constaté que la porte donnant accès au grenier était béante. Pouce s'est cabré:

— Entrer là-dedans, c'est se livrer pieds et poings liés aux esprits! J'ai changé d'idée: je n'y vais plus!

J'ai franchi le seuil quand même, le coeur battant à se rompre. En face de moi,

un escalier montait jusqu'à une trappe ouverte.

— Tu es fou! On ne sait pas ce qui se cache, là-haut! C'est sûrement épouvantable!

— On est obligés de te suivre parce que tu tiens la lampe! a ajouté Jo. C'est de la dictature, ça!

Comme je restais sourd à leurs suppliques, ils ont bondi dans les marches à leur tour afin d'échapper aux ténèbres. Prudemment, j'ai passé la tête par l'ouverture.

Si le grenier était beaucoup moins étendu que la cave, l'encombrement y était identique. Un peu partout, des boîtes de carton empilées formaient des rangées de hauteurs inégales. Pour le reste, on distinguait quelques tableaux à la toile crevée, des statuettes en morceaux, des miroirs cassés.

Rassemblant mon courage, j'ai marché jusqu'à une lucarne. Malheureusement, celle-ci aussi était impossible à ouvrir ou à briser.

Un bruit nous a fait pivoter sur nos talons.

Près de l'escalier, une silhouette humaine émergeait lentement d'une longue boîte couchée sur le sol!

Chapitre VI
Confidences

Après la tête et le torse, les deux bras se sont élevés, raides comme des barres, prolongés par des mains gigantesques.

Jo a poussé un cri. Pouce est tombé à la renverse sur une pile de boîtes.

La silhouette se mettait lentement debout. Une fois qu'elle se fut redressée complètement, son visage est entré dans la zone éclairée par la lampe.

Sa peau était grise comme la pierre. Ses yeux, écarquillés pourtant, ne possédaient ni iris ni pupille. La fixité de ses traits rappelait celle d'une...

— ... statue! me suis-je exclamé. C'est une *statue*! Une statue *vivante*!

Le monstre a levé son genou gauche, dégageant ainsi de la boîte le premier de ses immenses pieds.

— Fais quelque chose, Maxime! m'a exhorté Pouce d'une voix hystérique.

La statue se trouvait entre l'escalier et

nous. Fuir par là était donc impossible. Il n'existait qu'une autre stratégie: reculer.

Une allée s'amorçait près de nous, entre deux rangées de boîtes empilées.

— Par là! Dépêchons-nous!

Le monstre s'est mis en mouvement dans notre direction. Ses pieds faisaient vibrer les débris qui parsemaient le sol. Au bout de ses longs bras tendus, des mains s'ouvraient et se refermaient comme des pinces.

Il a accéléré la cadence alors qu'on se faufilait péniblement entre les boîtes. À son pas, je devinais qu'il était mû par une sorte de rage.

Un mur en pente, au bout de l'allée, nous a forcés à tourner à droite. Après avoir déposé la lampe, j'ai appuyé mon épaule contre la dernière pile de boîtes:

— Aidez-moi à pousser! Vite!

Quand la statue est parvenue à notre hauteur, nous avons fait dégringoler les boîtes sur elle. Nous nous sommes remis à courir, cette fois en direction de l'escalier.

Quelques mètres plus loin, une boîte m'a atteint au dos, et je suis tombé face contre terre. Si j'ai réussi à protéger la lampe, j'étais cependant trop étourdi pour pouvoir me relever.

— Maxime! s'est égosillée Jo. Ne reste pas là! GROUILLE-TOI!

En me retournant, j'ai compris pourquoi on n'entendait plus les pas du monstre. Il m'avait rejoint! Campé sur ses jambes, il se penchait vers moi avec une lenteur machiavélique.

Un fracas a retenti tout près de moi. Au même instant, une grande caisse métallique a basculé sur la statue qui s'est effondrée.

Jaillissant de la noirceur, Pouce m'a aidé à me remettre debout.

— C'est toi qui as fait ça? lui ai-je demandé.

— Dépêche-toi! Le monstre se relève!

On a descendu l'escalier en quatrième vitesse. La statue avait déjà atteint le bas des marches quand j'ai refermé la porte. Au moment où je tournais le loquet, des coups assourdissants ont ébranlé le panneau.

Nous nous sommes élancés vers l'autre extrémité du corridor.

Le bruit a diminué peu à peu. Lorsque nous avons enfin regagné le rez-de-chaussée, le silence était revenu.

***

À son tour, le hall avait changé durant notre absence. Les marches de l'escalier, les murs, le plancher étaient maintenant d'une propreté impeccable.

Cette maison hantée me déconcertait totalement. Des couloirs qui proliféraient comme un organisme vivant! Des meubles qui se réparaient par magie! Des surfaces qui se nettoyaient sans intervention humaine! Je ne savais plus quoi penser.

Des esprits damnés, même très puissants, étaient-ils vraiment capables de tels prodiges?

***

Pourquoi avoir choisi de nous affaler dans le salon? Je crois que nous voulions profiter de l'illusion que le foyer, pourtant éteint, rendait cette pièce plus chaleureuse que les autres.

Mes amis avaient les épaules voûtées, la tête pendante, les lèvres bleuies. J'aurais donné n'importe quoi contre une plinthe électrique ou une couverture de laine.

Il était plus de minuit.

Par quelle cruauté du sort était-on enfermés dans cette prison infâme? Pourquoi, pourquoi, POURQUOI la police n'avait-elle pas encore visité ce bâtiment?

Je regardais mes compagnons en me disant que je les aimais. Quoi qu'il advienne, je continuerais à les aimer.

— Si on se collait tous les trois ensemble?

Jo m'a fait signe qu'elle acceptait. Pouce, gêné, n'a pas répondu. J'ai insisté:

— Approche. Tu vas finir par grelotter si tu restes là.

Blottis ainsi les uns contre les autres, on formait le plus beau paquet d'amitié de toute l'histoire des maisons hantées.

***

— Je suis une poule mouillée! a déclaré Pouce à brûle-pourpoint. M'avez-vous vu depuis qu'on est ici? J'ai honte de moi!

Après un silence, il a ajouté doucement:

— La nuit, je rêve parfois que je suis un héros. Les gens font appel à moi quand une menace se présente. Rien qu'en entendant mon nom, les méchants se mettent à trembler. Je suis tellement fort que je sauve le monde à moi tout seul.

Il a enchaîné en baissant la tête:

— J'ai honte de ne pas être comme ça. Honte d'être un peureux, un poltron, un lâche. Vous vous rappelez ce qu'ont dit nos doubles du téléviseur? C'est vrai: je suis le petit Poupouce à sa maman et rien d'autre.

Puis, il m'a dévisagé avec envie:

— Des fois, Maxime, je suis fâché contre toi à cause de ton calme et de ton courage. Mais, au fond, je voudrais être comme toi. Le héros, dans mes rêves, il te ressemble.

Cette fois, j'avais assez entendu de bêtises.

— Tu penses que je n'ai pas peur? ai-je rétorqué. Je n'ai jamais été aussi effrayé de toute ma vie! Le héros de tes rêves, il n'existe pas. Dans la vraie vie, tout le monde a peur. Le courage, ça ne veut pas dire ne pas être effrayé. Ça signifie *affronter* la situation qui nous effraie!

Il m'écoutait comme si je prononçais des paroles d'une profondeur infinie.

— Malgré l'immense frayeur que tu éprouves aujourd'hui, tu affrontes la situation à chaque seconde. Tout à l'heure, tu m'as même sauvé la vie. Tu as du courage, Pouce!

De fil en aiguille, Jo s'est mêlée à la conversation.

— Dans la vie ordinaire, qu'est-ce qui t'effraie le plus, toi, Maxime?

J'ai hésité un instant, car sa question avait touché un point sensible. Finalement, j'ai répondu:

— Ma plus grande peur, c'est que mes parents se séparent. Oh! je sais bien que ça fait puéril, bébé lala, gnangnan. N'empêche que...

Je me suis interrompu, le temps d'une grande respiration.

— Chaque fois que Prune et Hugo se disputent, j'ai peur qu'ils s'échangent des gros mots, se lancent des objets ou s'arrachent les cheveux. J'imagine des aveux du genre: «Je ne t'aime plus! Je faisais semblant à cause de Maxime! En réalité, je te déteste!»

Après un soupir, j'ai rajouté:

— Ça ne se réalise jamais. Mes parents s'aiment, ce n'est pas de la frime.

Se pelotonnant davantage contre moi, Jo a dit:

— Je te comprends, puisque les miens se sont séparés pour vrai. Quand on apprend que son père et sa mère ne s'aiment plus, ça brise quelque chose en dedans.

Elle nous a ensuite confié avec un air un peu coupable:

— Vous êtes mes meilleurs amis. Je vous aime et je suis sûre que vous m'aimez. Mais, avant que mon père m'abandonne, j'avais la même certitude à son sujet.

Puis, très gravement, elle a laissé tomber:

— Alors, j'ai peur que vous me trahissiez vous aussi, un jour.

Chapitre VII
L'affrontement

À l'instant où le téléphone a sonné, on s'est redressés d'un bond avec un synchronisme parfait.

Tandis qu'on retenait notre souffle, la sonnerie a déchiré le silence une deuxième fois.

— C'est bien celui de la cuisine, a murmuré Jo. Pourtant, il ne fonctionnait pas cet après-midi.

— Les objets de cette maison sont tous ensorcelés, ai-je dit. Il ne faut surtout pas aller répondre.

À la troisième sonnerie, nous n'avions toujours pas bougé.

— Et si on se trompait? a insinué Pouce. Si c'était un appel de nos parents ou de la police?

— On doit courir le risque!

— Puisque je vous dis que c'est un piège!

Le téléphone a sonné à une quatrième

reprise, et mes amis ont couru vers la cuisine. Jo a saisi le combiné avec l'ardeur d'une affamée qui vole un morceau de pain:

— Allô!

Une stupéfaction extrême, mêlée à de la joie, se lisait maintenant sur son visage. Ses lèvres tremblaient. Ses yeux se remplissaient de larmes.

— Papa? Papa, c'est toi? C'est bien toi? Oh! je suis tellement contente! Ça fait si longtemps!

— Raccroche! lui ai-je ordonné. Ça ne

peut pas être ton père!

— Je me suis ennuyée de toi, papa! Tu es si gentil de me téléphoner! Moi aussi, je t'aime!

— Lâche ça! ai-je rugi en essayant de lui arracher l'appareil des mains.

Pouce est venu à mon aide, mais Jo s'agrippait au combiné avec toute la force de son amour. Elle a commencé à se débattre et à hurler:

— Arrêtez! Laissez-moi parler à mon père! Salauds! Dégueulasses! Sans-coeur!

Quand je suis parvenu à lui faire lâcher prise, l'appareil m'a échappé pour aller se balancer au bout de son cordon. Une voix d'homme en a jailli, aussi forte que si elle sortait d'un haut-parleur:

— Es-tu toujours là, Jo? Ah! je comprends... Tes supposés amis t'interdisent de me parler. Ils veulent t'éloigner de moi, comme ta mère. Le monde entier ne cherche qu'à nous séparer.

— Papa, je suis là, je t'entends! s'époumonait Jo en se démenant entre les bras de Pouce. Veux-tu bien enlever tes sales pattes, espèce de gros lard!

Déterminé à faire taire cette voix abominable, je me suis jeté sur le combiné.

Mais celui-ci, doté de vie subitement, s'est élevé dans les airs, hors de ma portée.

— Méfie-toi de ces garçons, ma princesse. Ils font semblant de t'aimer. En réalité, ils souhaitent ton malheur.

— Si tu aimes ta fille à ce point-là, ai-je lancé, prouve-le! Viens ici et fais-nous sortir de cette maison!

— Et voilà Maxime qui monte sur ses grands chevaux! Vas-y, mon petit gars! Montre-nous de quelles bouffonneries tu es capable! Jappe! Allez, plus fort que ça! Un chien-chien comme toi, ça jappe beaucoup, mais ça ne mord jamais!

Un rire a éclaté, trop diabolique pour surgir d'un gosier humain. Jo, qui venait de comprendre, a cessé de s'agiter.

Lorsque le ricanement s'est arrêté, le cordon du téléphone a retrouvé sa souplesse, et le combiné est retombé brusquement.

L'appareil s'est aussitôt remis à sonner. Comme si cela ne suffisait pas, le «klong! klong! klong!» des tuyaux s'est joint à lui. Une porte a claqué quelque part à l'étage, puis une deuxième, et une troisième, suivie d'au moins dix autres.

Nous sommes sortis de la cuisine en nous bouchant les oreilles.

Du côté du vestibule, une ombre s'est détachée des ténèbres en rampant sur de courtes pattes.

— La table du salon! a hurlé Pouce afin de dominer le vacarme.

Un nouveau bruit provenant de la cuisine a attiré notre attention. On aurait dit la marche d'un éléphant vêtu d'une cuirasse métallique. Toutefois, ce sont le poêle et la glacière que nous avons vus apparaître dans le cadre de la porte.

Comme si un signal leur avait été donné, les trois meubles ont foncé sur nous. Nous nous sommes rués vers l'escalier.

Un flot de lumière mauve nous a submergés lorsque nous sommes arrivés à l'étage. Nous sommes restés là, à cligner des paupières, jusqu'à ce que nos poursuivants enfoncent la porte. Nous avons alors repris la fuite en courant à l'aveuglette.

Depuis notre précédente visite, le plafond avait monté aussi haut que celui d'une église, et les couloirs s'étaient encore ramifiés. Plus fantastique encore: des passages se formaient au fur et à mesure de notre course, se mêlant à un labyrinthe de plus en plus complexe.

J'avais le sentiment qu'*on ne se trouvait plus dans la réalité*. Car, dans la réalité, rien ne fonctionnait de cette façon.

Pas même les maisons hantées!

À bien y penser, cela différait-il tellement des autres phénomènes dont nous avions été témoins? Et si toutes ces fantasmagories n'étaient qu'apparences, tromperies, mensonges?

Petit à petit, une théorie extravagante faisait son chemin en moi.

— Je crois qu'on les a semés, a dit Pouce en ahanant.

Pendant qu'on reprenait notre souffle, des pas ont retenti derrière l'angle le plus rapproché.

La statue vivante a surgi dans notre direction. Mes amis ont détalé sur-le-champ. Moi, je me suis obligé à rester sur place, malgré la terreur qui me nouait l'estomac.

Au moment où le monstre se jetait sur moi, j'ai pris un air décidé pour lui dire:

— Je n'ai pas peur de toi! Tu n'es pas réel!

Il s'est figé instantanément. Durant de longues secondes, il est resté ainsi, comme si ma phrase l'avait sidéré.

— Maxime! a appelé Jo. Es-tu devenu complètement fou?

Abandonnant le monstre toujours immobile, je suis allé rejoindre mes compagnons.

— Le salut n'est pas dans la fuite, ai-je affirmé. Le temps est venu d'affronter notre véritable adversaire!

Jo et Pouce m'ont examiné avec stupeur, sans doute persuadés que j'avais perdu la raison. Je n'ai cependant pas eu le loisir de leur livrer toute ma pensée.

La lumière mauve qui nous baignait s'est mise à trembloter. Puis, le plancher s'est effondré sous moi, et je suis passé au travers!

J'aurais déjà dû m'être écrasé sur le parquet du rez-de-chaussée. Pourtant, je tombais toujours.

Tout était noir autour de moi. La demeure semblait s'être évaporée.

Bizarrement, je distinguais mes amis, accroupis au-dessus de moi. On aurait dit qu'ils m'observaient à travers une surface vitrée. Leurs voix me parvenaient, étouffées, lointaines.

Par un effort de volonté, j'ai retrouvé le fil de mes réflexions.

Affronter notre adversaire. Ne pas céder à la peur. Douter des apparences.

DOUTER !

Fermant les paupières, je me suis figuré qu'il n'y avait pas d'abîme, donc que je ne tombais pas réellement. En esprit, j'ai conçu un objet auquel m'accrocher et je me suis ordonné d'y croire.

De toutes mes forces.

J'ai levé les mains, et mes doigts ont rencontré quelque chose de dur.

Une poutre ! La poutre que j'avais imaginée !

Je me suis hissé sur elle, puis je m'y

suis couché à plat ventre. Mon coeur s'est apaisé.

J'avais réussi! Ma théorie n'était pas si folle qu'il y paraissait!

Lorsque j'ai regardé en bas, un vertige m'a saisi, et j'ai senti la poutre ramollir. Il fallait me concentrer davantage. Sinon, elle disparaîtrait, et je recommencerais à tomber.

J'ai rampé sur une bonne distance avant de comprendre un autre aspect de la situation. Si je voulais aboutir quelque part, je devais créer le lieu, comme j'avais créé cette poutre.

Une cloison s'est dessinée devant moi. J'ai franchi une ouverture ronde et j'ai enfin pu poser les pieds sur un plancher.

J'étais à l'intérieur d'un gros cube plongé dans la pénombre. L'ouverture avait déjà disparu, et il n'en existait pas d'autre. À ma grande surprise, Jo et Pouce étaient toujours visibles là-haut.

Une vibration a alors ébranlé le sol, et les quatre murs ont commencé à se rapprocher de moi!

La panique m'a envahi. Je me suis jeté sur l'un des murs dans l'espoir de l'arrêter. Sans succès. J'ai répété ma tentative avec chacun des trois autres, mais mes efforts étaient inutiles. Au-dessus de ma tête, mes amis lançaient des cris à peine audibles.

Le cube avait beaucoup rétréci quand la raison m'est revenue. J'ai serré les paupières et pris de profondes respirations.

Ces murs étaient irréels! Je pouvais m'échapper de cet endroit si j'y croyais! Il suffisait de le vouloir! De ne vouloir que cela!

En ouvrant les yeux, j'ai aperçu un trou dans lequel j'ai plongé. Sans transition, j'ai réintégré le corridor de l'étage. Jo et Pouce se sont mis debout en me voyant réapparaître.

Une main métallique s'est alors matérialisée à un mètre au-dessus du sol, juste derrière eux.

— Attention! ai-je crié.

Déjà, l'organe artificiel avait agrippé Jo pour l'asseoir de force dans un fauteuil surgi du néant. Des courroies se sont refermées autour de ses poignets, de ses chevilles, de son cou. Pouce et moi avons voulu intervenir, mais une cloison invisible a stoppé notre élan.

Une seconde plus tard, la main pointait vers le front de notre amie une gigantesque seringue remplie d'un liquide vert!

Chapitre VIII
Avoir du courage

Jo hurlait sans qu'on l'entende distinctement. L'affreuse seringue continuait à se rapprocher d'elle, centimètre après centimètre.

— On ne peut pas laisser faire ça! a braillé Pouce en cognant sur la paroi translucide.

— Cette aiguille ne te fera aucun mal! ai-je crié à notre amie. Elle n'existe même pas!

— Qu'est-ce que tu racontes? a fait Pouce.

— Ferme les yeux, Jo! Dis-toi que cette seringue, cette main, ce fauteuil sont imaginaires! Ils n'ont aucun pouvoir sur toi! Tandis que toi, tu as le pouvoir de les rendre inoffensifs! Crois en toi! Crois-y le plus fort que tu peux!

En dépit de l'instrument barbare qui allait bientôt l'atteindre, Jo s'est calmée. Elle a fermé les paupières. Elle ne voyait

donc plus l'aiguille lorsque celle-ci s'est plantée dans sa tête.

Après quelques instants, elle a cligné des yeux. Elle a bien eu un sursaut en voyant la seringue, mais elle s'est ressaisie très vite.

— Qu'est-ce que ça signifie? a marmonné Pouce qui en perdait son latin.

— Ça signifie qu'on a trouvé le moyen de vaincre notre adversaire!

La seringue s'est volatilisée sans même laisser de trace sur le front de notre amie. Puis, la main et le fauteuil se sont évaporés à leur tour.

Comme la cloison avait disparu elle aussi, Jo a sauté dans mes bras, mais je n'ai pas pu la recevoir avec toute ma tendresse. Un volet venait de s'abattre sur toute la longueur du corridor, nous séparant de Pouce. Un instant plus tard, une porte transparente s'y est découpée, derrière laquelle se trouvait notre compagnon.

Il était enfermé dans une salle de bains. Le robinet du lavabo, la pomme de douche et même la cuvette crachaient une telle quantité d'eau que la pièce se remplissait à toute vitesse.

Pouce, paniqué, s'est tourné vers nous. Le liquide avait monté jusqu'à ses cuisses. S'aplatissant contre la porte invisible, il a plongé son regard halluciné dans le mien:

— Sauve-moi, Maxime! Je vais me noyer! Je ne veux pas mourir!

— Cette eau est une illusion! ai-je répondu en espérant qu'il m'entendrait. Tu ne dois pas y croire!

Il était trop épouvanté pour réfléchir. Quand l'eau est parvenue au niveau de sa poitrine, il a frappé l'écran translucide à grands coups de poing. En nous suppliant des yeux, il hurlait à s'en faire exploser la gorge.

— Lorsqu'on refuse de croire à l'illusion, ai-je expliqué à Jo, on ne court aucun danger. Mais lorsqu'on y croit, elle a le même effet que la réalité. Si Pouce ne comprend pas ça, il se noiera pour vrai.

Notre copain nageait sur place afin de maintenir sa tête hors de l'eau. Il lui restait peu de temps avant que la pièce soit remplie.

— Maîtrise ta peur! lui ai-je crié. Tu es plus fort qu'une illusion! Tu as du courage, Pouce! TU AS DU COURAGE!

Comme si un déclic se faisait soudain en lui, il a cessé de gigoter.

Les yeux fermés, il s'est laissé descendre vers le fond, et ses pieds ont touché le sol. Derrière les bulles qui sortaient de ses narines, son visage semblait un peu crispé.

Il nous a regardés. Ensuite, il a ouvert la bouche toute grande.

Le suspense a duré d'interminables secondes.

Brusquement, la porte a éclaté, et une trombe d'eau a envahi le corridor.

On a bondi en arrière. Réflexe inutile, puisque le liquide n'existait déjà plus. La salle de bains s'était envolée elle aussi, de même que le volet qui avait isolé Pouce. Les cheveux, la peau et les vêtements de notre ami étaient parfaitement secs.

Abasourdi, celui-ci nous observait en silence.

— Tu le penses vraiment, Maxime? m'a-t-il demandé faiblement. Tu penses vraiment que j'ai du courage?

— C'est même toi qui en as le plus. Puisque c'est toi qui étais le plus effrayé.

Tournant le dos à mes compagnons, je me suis campé agressivement au milieu du couloir.

— Hé! ai-je lancé à voix haute. Tu as vu ce qu'on fait avec tes mensonges maintenant? *On n'a plus peur de toi!*

— À qui parles-tu? s'est exclamée Jo.

— À la responsable de toutes ces illusions. Car il n'y a jamais eu d'esprits maléfiques. Depuis le début, notre seule et unique adversaire, c'est la maison!

J'ai relevé la tête et repris mon ton crâneur:

— Plus exactement, tu *ressembles* à une maison. Mais ce n'est qu'une apparence, ça aussi. En réalité, tu es un être vivant, n'est-ce pas? Une créature venue d'ailleurs. De l'espace, sans doute. Je me trompe?

J'ai continué à parler, tandis qu'une craquelure apparaissait au plafond:

— J'ignore si tu es unique ou s'il y en a d'autres de ton espèce. Je ne sais pas non plus pourquoi tu as échoué ici. Par contre, je sais que tu as des facultés extraordinaires, comme celle de produire des illusions à volonté. Des illusions tellement parfaites qu'on dirait la réalité!

La fissure grandissait en rejetant une poussière mauve, un peu phosphorescente, qui tombait sur nous comme de la neige.

— Cette prodigieuse faculté te permet aussi de prendre la forme que tu désires. C'est drôlement utile pour attraper tes proies, non?

— Ses proies? s'est étonnée Jo. Cette créature avait l'intention de *nous manger*?

— Attends, tu vas comprendre... Quand

elle a senti notre présence dans la prairie, elle n'a plus songé qu'à nous capturer. Comment? D'abord, en créant ce faux orage qui nous forçait à chercher un abri. Ensuite, en se donnant l'apparence de l'abri tout désigné.

Les craquelures se multipliaient autour de nous. La poussière mauve était si abondante qu'elle formait une espèce de brume.

— Quand on est entrés dans ce qu'on croyait être une maison, le piège s'est refermé sur nous. Nous étions à la merci des pouvoirs fantastiques de cette créature. Depuis, nous vivons dans une fausse réalité où tout n'est qu'apparences et illusions.

— Mais pourquoi agit-elle ainsi? a demandé Pouce, révolté.

J'ai répondu en m'adressant à celle qui nous retenait prisonniers:

— Comme tu es complètement différente de tout ce qui existe sur Terre, ta nourriture est particulière elle aussi. L'aliment dont tu as besoin pour survivre, c'est *la peur*! Celle ressentie par tes proies! Ces illusions, tu les as créées afin de provoquer en nous cette peur dont tu te nourris!

— Quel monstre! a râlé Pouce.

Le décor s'estompait à la manière d'une aquarelle plongée dans l'eau. Seul demeurait le brouillard mauve dans lequel tourbillonnaient les volutes de poussière.

— Tu t'es même inspirée de nos frayeurs les plus intimes, ai-je poursuivi. Comme notre peur de l'abandon, de la solitude, de la trahison! C'est le coup de fil du faux père de Jo qui m'a ouvert les yeux.

— Quelle sadique! a grommelé Jo.

Peu à peu, la brume luminescente s'allongeait vers le haut.

— En te nourrissant de notre angoisse, tu prenais continuellement de la vigueur. Voilà pourquoi la maison semblait rajeunir, pourquoi les meubles se réparaient, pourquoi les pièces de cet étage proliféraient.

Le parquet s'était évanoui. Une bienveillante chaleur montait de la terre où nos pieds s'enfonçaient légèrement. Tout autour de nous, des herbes se dressaient. La lumière de l'aube traversait les lambeaux qui retenaient encore notre ennemie au sol.

Pouce, en fulminant, a levé le poing:

— C'est fini! Tes trucs ne marchent plus! Envoie-nous donc un de tes épouvantails: tu verras bien ce que j'en ferai, moi!

Tel un immense jet de vapeur mauve, la

fantastique créature s'est alors projetée en direction du ciel.

— C'est ça, va-t'en! s'est égosillé mon ami. Retourne dans l'espace! Et qu'on ne te revoie plus jamais! Espèce de vampire! Cannibale! Ectoplasme! Bachi-bouzouk!

Cette imitation fidèle du capitaine Haddock a déclenché le fou rire. Longtemps, on est restés au milieu de la prairie à jubiler, à se taper dans le dos, à s'embrasser.

La plus belle fête de notre vie se déroulait à l'endroit même où nous avions vécu le plus hideux des cauchemars.

***

Nous avons croisé un groupe de secouristes dont faisaient partie Hugo, Prune et la mère de Jo. Les parents de Pouce, quant à eux, s'étaient joints à une seconde équipe.

— Pourquoi avez-vous pris tant de temps avant de vous lancer à notre recherche?

— Mais voyons! On vous cherche depuis hier après-midi!

— La maison, alors? Pourquoi n'avez-vous pas vérifié si on se trouvait à l'intérieur?

— La maison? Quelle maison? On a exploré au moins quatre fois cette prairie et on n'a pas vu de maison! Tout ce qu'on a trouvé, c'est la carcasse rouillée d'une moissonneuse-batteuse!

Cette réponse avait dissipé le dernier mystère qui restait concernant notre aventure.

Jo, Pouce et moi, nous avions été les seuls à voir la créature sous l'aspect d'une maison. Pour les autres, elle s'était donné l'apparence plus banale d'une machine agricole abandonnée.

Table des matières

Achevé d'imprimer
sur les presses de Litho Acme inc.